W0251658

EL PRÍNCIPE
QUE TODO LO APRENDIÓ
EN LOS LIBROS

JACINTO BENAVENTE

EL PRÍNCIPE QUE TODO LO APRENDIÓ EN LOS LIBROS

Ilustraciones de Zuzanna Celej

EJ

EDITORIAL JUVENTUD, S. A.
PROVENÇA, 101 - 08029 BARCELONA

Jacinto Benavente

Una de las mayores glorias de la literatura española en tiempos pasados, en la llamada Edad de Oro, fue el teatro. Miles y miles de comedias y dramas se escribieron durante los siglos XVI y XVII, época de Lope de Vega, de Tirso de Molina y de Calderón de la Barca, geniales comediógrafos que hicieron de España uno de los países en que el teatro brilló con mayor esplendor y fue más fecundo. La lección de los maestros de la Edad de Oro y el entusiasmo que el público español sintió por la escena hicieron que no se interrumpiera esta tradición literaria y que en tiempos posteriores —en el neoclasicismo del siglo XVIII, en el romanticismo del XIX— nuestro teatro siguiera contando con notables escritores, aunque amoldándose a gustos distintos de los que imperaron en los mejores tiempos y sin contar con figuras tan importantes como las de los comediógrafos de antaño. Por esta razón, al llegar a nuestro siglo XX, una serie de escritores intentaron modernizar el teatro español, tomando ejemplo de autores extranjeros de reconocido mérito y presentando en escena problemas y tramas propios de nuestro tiempo y que interesaron muy vivamente a sus contemporáneos.

Y es aquí donde la figura de don Jacinto Benavente adquiere un destacadísimo perfil. Nacido en Madrid en 1866, a los veintiocho años ya se daba a conocer ante el público con la comedia *El nido ajeno*, y a partir de entonces trabaja sin cesar, captándose el entusiasmo del público de todas las tierras de habla española y mereciendo el general aplauso de la crítica. Benavente, hombre de fino espíritu crítico, de agudísima ironía y de un ingenio vivo, elegante y, cuando conviene, punzante y satírico, ha hecho desfilar en su teatro un inmenso retrato de la sociedad actual, con sus virtudes, sus vicios, sus ambiciones, sus ñoñeces y sus actos de heroísmo y desprendimiento. Gran conocedor de los secretos de la escena, sus comedias se desarrollan con una sorprendente naturalidad y un cabal conocimiento de las posibilidades dramáticas.

Las obras de Jacinto Benavente han sido traducidas a todas las lenguas cultas y han logrado merecidos éxitos en los teatros de todos los países. Y hasta tal punto su fama se ha adueñado de todo el mundo y ha sabido gustar a los públicos más dispares, que en 1922 le fue concedido el Premio Nobel, recompensa y honor que otorga la Academia Sueca a los escritores de mayor relieve del mundo, y que en España antes sólo lo había conseguido precisamente otro autor dramático, José de Echegaray.

Hasta poco antes de su muerte, con más de ochenta años, don Jacinto Benavente siguió conservando su nervio, su vitalidad y su agudísimo ingenio, escribiendo y estrenando comedias, las cuales todavía levantan vivas discusiones y grandes entusiasmos, demostración clara de que su teatro llega a lo más profundo del espectador y sabe dramatizar los problemas y afanes de la sociedad moderna. Durante sesenta y cinco años, el teatro de Jacinto Benavente viene siendo la más alta y digna representación de la comedia española y uno de los casos más notables de la literatura contemporánea.

PERSONAJES

EL REY *y su esposa* LA REINA.

EL PRÍNCIPE AZUL, *hijo.*

TONINO, *bufón del Príncipe Azul.*

EL PRECEPTOR.

EL REY CHUCHURUMBÉ.

LAS TRES HIJAS DEL REY CHUCHURUMBÉ.

LA VIEJA.

EL OGRO.

LA BELLA, *esposa del Ogro.*

DOS LEÑADORES.

ACTO PRIMERO

CUADRO PRIMERO

Un palacio

ESCENA PRIMERA

EL REY Y LA REINA

EL REY

No llores más. La felicidad de nuestro reino exige el sacrificio. El Príncipe sabe todo lo que pueden enseñar los libros y los maestros; pero es preciso que conozca el mundo.

LA REINA

¿Crees que vale la pena de conocerlo? ¡Bueno está el mundo! ¡Exponer a sus riesgos y maldades al hijo mío; tan hermoso, tan inocente...!

El Rey

Bueno sería, si la vida pudiera detenerse, si por ley natural no hubiéramos de faltarle cuando aún será muy joven. El cariño de los padres puede levantar murallas que defiendan a los hijos de la maldad y tristezas del mundo; puede fingirles un mundo de ilusiones, que no es el verdadero... Pero al morir nosotros, cuando deba reinar él solo sobre millones de súbditos de toda condición; cuando nadie esté a su lado para quererle con desinterés, para aconsejarle sin malicia, para advertirle sin engaños...

La Reina

¿Y para qué han servido entonces tantos maestros?

El Rey

Para que nuestro hijo se canse de ellos y prefiera a sus lecciones fastidiosas leer cuentos de hadas y encantadores. ¿Te parece poco?

La Reina

¿Y esto te agrada? ¿No hubiera sido mejor orden primero las mentiras de los cuentos, después las verdades de la ciencia?

El Rey

Nunca. Es mejor orden asentar primero el terreno firme y sobre él esparcir la menuda arena en que puedan florecer los rosales, que no dejar caer sobre las flores las duras piedras del terreno firme. Edifiquemos nuestra vida como gótica catedral: bien cimentada abajo, como fortaleza; pero en lo alto, festones florecidos, claros de vidrios multicolores; aligerar la mole, toda de piedra; como si más que afirmada en la tierra pareciera suspendida en el cielo.

La Reina

Bien está. Pero no comprendo lo que el viaje de nuestro hijo pueda significar en todo eso.

El Rey

Significa el puente que hemos de tender entre la verdad y la ilusión. Ese puente es la vida que va de una a otra y las une y las confunde de tal modo que forma de ellas toda la realidad.

ESCENA II

DICHOS, EL PRÍNCIPE, EL PRECEPTOR
Y TONINO

LA REINA

¡Hijo mío!

EL PRÍNCIPE

Vengo a pediros vuestra bendición.

LA REINA

¡Qué crueldad, qué crueldad!

EL REY

Vamos... Eres reina antes que madre... Abrazad a vuestro hijo y no hagáis flaquear su valor.

EL PRÍNCIPE

Madre y señora mía... Voy muy contento... Me acompañan fieles servidores... Mi preceptor y mi buen Tonino.

LA REINA

Habrás dispuesto el equipaje sin olvidar nada.

EL REY

¿Qué llevas ahí?

El Preceptor

Libros para el estudio.

Tonino

Yo, buenas provisiones, que es lo que importa.

La Reina

¡Hijo mío! Yo sé que el Rey quiere que viajes sin aparato alguno, porque el Tesoro real no está para despilfarros; pero tu madre ha sabido ahorrar para ti estos dos doblones... Fueron un regalo del Rey para un manto de armiño; el que tengo está muy apolillado; pero hasta tu regreso no he de vestirme más que de jerga y bayetas.

El Rey

Eso es, para que sastres y modistas se hagan republicanos... Te comprarás el manto y vestirás como conviene al decoro regio.

La Reina

Vosotros, mis buenos servidores, cuidad a vuestro Príncipe...

El Preceptor

Volverá hecho un sabio.

Tonino

Os lo traeré sano y gordo.

La Reina

Eso, eso... Cuidado con lo que comes, sobre todo. No le dejes atracarse de mojama, castañas pilongas ni pastillas de goma... Ya sabes que el Príncipe se muere por esas golosinas... Ved que es el heredero del reino.

El Preceptor

Vuestro reino tendrá en él un rey sabio y justo.

La Reina

¿Lleva mucha ropa blanca?

El Preceptor

De todo, señora.

La Reina

¿Las tres docenas de pañuelos que yo le he bordado?

El Príncipe

Sí, madre mía... Pero yo no sé que los príncipes hayan usado nunca más que un pañuelo de finos encajes, ni que hayan necesitado ropa blanca... Las historias de hadas no dicen nada de eso... Los príncipes van por selvas y montes, caen sobre ellos aguaceros deshechos, cruzan ríos y lagos, y su ropa no padece deterioro.

Tonino

¿Y no alcanza a sus criados esa virtud? Porque sentiría estropear este sayo, que es el mejor de los dos que tengo.

El Rey

Vaya, apresurad la partida, antes de que llegue la noche.

El Príncipe

Padre y señor... Madre mía...

La Reina

Escribid a diario.

El Preceptor

¿Llegarán las cartas?

La Reina

Sí; el Rey ha dado órdenes muy severas para el buen servicio del correo.

El Preceptor

Menos mal. Siempre ganan algo los pueblos con los viajes de los príncipes.

La Reina

Adiós, adiós... ¿No habrás olvidado el frasco de la magnesia?

El Rey

¡Oh! Las mujeres... Nunca saben dar a una situación la solemnidad conveniente.

El Preceptor

Señor, ¿hay nada más solemne que estos vulgares cuidados de las madres?

Todos

Adiós, adiós, adiós...

Mutación

CUADRO SEGUNDO

El campo, dos caminos: uno, de zarza y piedras; otro, de flores.

ESCENA PRIMERA

EL PRÍNCIPE, TONINO Y EL PRECEPTOR

EL PRÍNCIPE

¿Dónde estamos? Asegurabas que antes de una hora estaríamos en poblado... Y ya lo veis... Estamos perdidos.

EL PRECEPTOR

Pero muy perdidos. Yo consulté la carta geográfica del reino..., la última publicada por la Real Academia de Ciencias...

TONINO

Ya os dije que no íbamos por buen camino.

EL PRECEPTOR

Pero ¿iba yo a fiarme de ti más que de la Real Academia de Ciencias...?

TONINO

Pues debisteis fiaros, que más de cien veces hice el camino de día y de noche.

EL PRECEPTOR

Sin saber por dónde ibas.

TONINO

Pero yo llegaba... Y ahora, ¿quién sabe dónde estamos?

EL PRECEPTOR

Aquí se nos ofrecen dos caminos.

TONINO

Decid uno; que ése no es camino, ni senda que pueda llevarnos a parte alguna. Todo él es malezas y riscos. Por este otro hemos de echar, que, según lo cuidado y pulido, ha de serlo de una gran ciudad.

EL PRÍNCIPE

Necio eres. Buena tentación para caer en ella. Tú no sabes que en todas las historias los buenos caminos son los engañosos, los que llevan al castillo de algún ogro terrible, que no tarda en tragarse a los infelices engañados. En cambio, estos senderos ásperos son los que conducen a los jardines y a los palacios de las bue-

nas hadas y de los buenos reyes, donde moran las bellas princesas que esperan a los príncipes enamorados.

TONINO

Será como decís. Pero principio quieren las cosas, y nunca vi que acabara bien lo que mal empieza; ni es posible que acabe mal lo que empieza bien. Pero en la duda, del lobo un pelo, y según la cara, los hechos... Y creedme, y echemos por esta parte. ¿No oís aquí música y cantar de pájaros, y de este lado nada: el viento quejumbroso y pajarracos de mal agüero...?

EL PRÍNCIPE

¡Ah, qué ignorante eres! Éste, éste es el buen camino. Así vi siempre representado el de la virtud... y como este otro el del vicio... ¿No lo crees así, preceptor?

EL PRECEPTOR

Yo no creo nada desde que la Real Academia de Ciencias me ha engañado... Dejadme consultar mis libros.

TONINO

Aquí llega una hermosa aldeana que podrá indicarnos el camino. *(Sale la Bella.)*

ESCENA II

DICHOS Y LA BELLA

LA BELLA

Buenos días, señores...

TONINO

Hermosa joven, ¿sabréis decirnos dónde estamos y adónde conducen estos dos caminos?

LA BELLA

Éste diréis, que éste ni es camino ni conduce a parte alguna.

TONINO

¿Qué os decía yo?

EL PRÍNCIPE

Guarda, y no confíes.

LA BELLA

¿Sois forasteros en estas tierras? Si necesitáis descanso y refrigerio, puedo ofreceros mi casa, mejor diré, la de mi marido, que está a poca distancia. Todas esas tierras que veis desde aquí son suyas, como todo el lugar vecino. Se tendrá por muy dichoso en recibir y agasajar a señores tan principales...

TONINO

Somos felices...

EL PRÍNCIPE

Tente. Que ese marido de que habla y esos lugares y esa casa deben de ser de algún ogro terrible.

TONINO

No me parece que la mujer tenga nada de ogra... Es muy cortés y afable.

EL PRÍNCIPE

Como todos los ogros.

LA BELLA

Vaya, ¿queréis seguirme?

TONINO

Vamos, andando. Que las provisiones se agotaron y yo tengo un hambre con el paseíto...

EL PRÍNCIPE

No, yo no voy... Yo iré por este otro camino.

La Bella

¡Estáis loco...! Si os sorprende la noche, os asaltarán los lobos o ladrones, y sólo hallaréis una miserable cabaña en que vive una vieja loca.

El Príncipe

¿Qué te dije? Alguna hada buena que se presenta en figura de vieja, como todas las buenas hadas. Éste, éste es mi camino.

Tonino

Señor... No hagáis locuras... Señor preceptor, interponed vuestra autoridad.

El Preceptor

Dejadme, dejadme leer... No es posible que las cartas estén equivocadas... Hasta saber de fijo dónde estamos, no me moveré de aquí.

La Bella

¿Pero estáis locos? Estos lugares están muy frecuentados por leñadores y cazadores furtivos, y hasta llegar a las tierras de mi marido no estáis seguros...

El Príncipe

¡Ah, mujer falsa! ¡Cómo adivino tus intenciones!

LA BELLA

¿Qué dice?

TONINO

No hagáis caso... Pero, señor preceptor, ved que el Príncipe quiere aventurarse solo por esos andurriales.

EL PRECEPTOR

Tú no debes dejarle.

TONINO

¡Ah! ¿Y vos?

EL PRECEPTOR

Yo desconfío de todo. Tan malo me parece este camino como el otro. Yo aquí os espero, entregado a la lectura... El que primero llegue a poblado será servido de enviarme aviso de cómo se encuentra.

TONINO

¡Pues sí que sois para sacar de apuros!

EL PRECEPTOR

Este camino me parece muy malo y esta mujer no me inspira confianza alguna. Sus ofrecimientos, su insistencia en llevarnos a su casa, sin conocernos...

TONINO

¡Lucidos estamos! El uno con sus libros de ciencia y el otro con sus cuentos, y yo muerto de hambre.

LA BELLA

Vamos..., que pronto se hará de noche... y yo he de volver a mi casa... Sabed que mi marido es el más principal señor en veinte leguas a la redonda..., el más rico, el más poderoso. ¡Aunque me veáis vestida humildemente...!

EL PRÍNCIPE

¡Oh! ¡Allí veo a la buena vieja, el hada benéfica...! No hay que dudar... Corro a su encuentro. No me sigáis... Iré yo solo.

TONINO

¡Nada! ¡Y se marcha! ¡Gran cachaza la vuestra!

EL PRECEPTOR

¡La tuya!

TONINO

¿Qué cuenta daremos a Sus Majestades de nuestro Príncipe...?

El Preceptor

¿Qué cuenta darás tú? Yo sólo estoy encargado de su educación.

Tonino

¡Pues si os parece buena educación que tire por donde mejor le parezca...!

El Preceptor

Ya volverá cuando el camino le parezca largo y trabajoso...

Tonino

Sí; pero si antes le comen los lobos o le matan algunos bandoleros...

La Bella

Fue una locura dejarle partir. ¡Señor! ¡Señor!

Tonino

Sí, echadle un galgo... Pues yo no le sigo... Llevadme a vuestra casa, que me muero de hambre y de sed.

La Bella

No os pesará.

Tonino

Coma yo, y aunque vuestro marido sea un ogro y vos una ogra...

La Bella

¿Qué locura decís?

Tonino

Nada, nada. El hambre, que me hace desvariar... *(Aparte.)* Si quieren comerme, me cebarán antes, para que esté más sabroso... —¿Os quedáis aquí?

El Preceptor

Sí. Aquí espero noticias vuestras. Iré con el que haya encontrado mejor acomodo.

Tonino

Pero ¿no tenéis hambre?

El Preceptor

Yo no necesito más que alimento espiritual...

Tonino

¡Buen provecho! Vamos andando.

La Bella

Seguidme.

El Preceptor

No es posible que la Real Academia de Ciencias se haya equivocado.

Mutación

CUADRO TERCERO

Una cabaña

ESCENA PRIMERA

LA VIEJA Y EL PRÍNCIPE

LA VIEJA

Pasad adelante, noble caballero... Yo quisiera ofreceros más digno albergue..., pero soy tan pobre... Vivo aquí miserablemente desde hace cincuenta años.

EL PRÍNCIPE

¿Tanto dura el encanto?

LA VIEJA

¿Qué encanto decís? ¿Os parece que sea un encanto vivir de este modo?

EL PRÍNCIPE

¡Bah! ¿Queréis burlaros de mí? Sabed que mi fortuna y la vuestra me trajeron aquí para desencantaros. ¿Qué es preciso para ello? ¿Acuchillar dragones y gigantes? ¿Daros un beso? Tomad.

LA VIEJA

Gracias. Sois muy amable.

EL PRÍNCIPE

¡Ah! ¿No era así? ¿Qué es preciso hacer entonces?

LA VIEJA

¡Pobre joven! Está loco.

EL PRÍNCIPE

¿Padecéis el maleficio de algún hada más poderosa que vos...? ¿De algún mago o genio del mal...?

LA VIEJA

No; yo no padezco nada más que mis años y mi pobreza... ¿Queréis comer algo? Puedo ofreceros higos y nueces.

EL PRÍNCIPE

¡Qué ricos!

LA VIEJA

Tomad... Son todas mis provisiones.

El Príncipe

Pero ¿de veras no podéis decirme cómo seríais desencantada? No os burléis de mí. Soy el Príncipe Azul.

La Vieja

¡Pobrecillo! Me da mucha lástima Tendréis frío, ¿verdad?... Voy a encender lumbre... Alcanzadme aquel haz de leña.

El Príncipe

¡Ah! Queréis obligarme a serviros... ¿He de someterme a esa prueba?

La Vieja

No es prueba ninguna. Si sois tan amable... Yo no tengo fuerzas...

El Príncipe

Podéis mandarme cuanto queráis... Yo sé que por fin habéis de congraciaros conmigo, y entonces os mostraréis en vuestra verdadera figura, resplandeciente de hermosura..., y esa cabaña se trocará en palacio maravilloso, y por vuestra mano me llevaréis a la princesa de mis sueños...

La Vieja

Sí, sí. Todo eso. *(Aparte.)* Le llevaremos el humor. *(Llaman a la puerta.)*

EL PRÍNCIPE

¿Quién llama?

LA VIEJA

¿Quién va?

LEÑADOR 1.º

Abrid, buena mujer.

LA VIEJA

Son leñadores... Pobre gente que anda estos montes a ganarse la vida. Entrad.

ESCENA II

DICHOS Y DOS LEÑADORES

LEÑADOR 1.º

Muy buenas tardes.

LEÑADOR 2.º

Salud.

EL PRÍNCIPE

Entrad. Buena gente.

LEÑADOR 1.º

¿Quién es?

La Vieja

Un viajero que se perdió en el camino. Parece un loco.

Leñador 1.º

Parece un gran señor. ¿Traerá dinero?

La Vieja

¿Eh? ¿Yo qué sé?

Leñador 2.º

Pues debieras saberlo... Si así fuera...

La Vieja

¿Qué pensáis? Alguna fechoría.

Leñador 1.º

En la que tú nos ayudarás, como siempre.

La Vieja

No lo penséis... Este pobre niño saldrá vivo y salvo de mi casa...

Leñador 2.º

Déjate de pamplinas y danos de beber.

El Príncipe

¿Qué vida lleváis...? Muy mala, por las trazas.

LEÑADOR 1.º

¡Figuraos! Todo el día para acarrear una mala carga de leña.

LEÑADOR 2.º

Nunca debiera ser invierno para los pobres.

LEÑADOR 1.º

Pues yo aún le prefiero. ¿Qué me dices del verano?

LEÑADOR 2.º

Todo el año es malo para el que vive malamente.

EL PRÍNCIPE

¡Pobres hombres! Señora hada, debierais ser compasiva con ellos y repartirles de vuestros tesoros.

LA VIEJA

Ya veis que así lo hago. Éste es todo mi tesoro; este vinillo añejo... ¿Queréis probarlo?

EL PRÍNCIPE

Venga... No es malo.

LEÑADOR 1.º

¡Ah! Esto da la vida.

LEÑADOR 2.º

Esto alegra.

EL PRÍNCIPE

Vaya, buena gente. Tomad...

LEÑADOR 1.º

¡Oro!

LEÑADOR 2.º

¡Señor!

EL PRÍNCIPE

Y para ti también..., para que te rías de mí...

LA VIEJA

Al contrario. Os quedo muy agradecida... ¿Cuándo vi yo tanto dinero junto?

LEÑADOR 1.º

¿No visteis? El bolsillo estaba lleno de oro...

LEÑADOR 2.º

Y aún ha de llevar más escondido.

LEÑADOR 1.º

Volveremos cuando duerma.

LEÑADOR 2.º

Eso es.

LEÑADOR 1.º

Afilaremos bien el hacha.

LEÑADOR 2.º

Es un niño. Bastará con las manos o una buena soga al cuello.

LA VIEJA

Algo traman estos condenados.

LEÑADOR 1.º

Bueno. Ya bebimos y descansamos... Hay que llegar al pueblo antes de amanecer.

LEÑADOR 2.º

Buen viaje y salud...

EL PRÍNCIPE

Salud, buena gente.

LEÑADOR 1.º

Volveremos. Procura que se acueste pronto y deja encendida una luz.

LA VIEJA

¡Miserables! ¡No, no entraréis esta noche!

LEÑADOR 2.º

¡Ay de ti mañana! Lo dicho.

LEÑADOR I. º

Dormid bien. *(Salen.)*

ESCENA III

EL PRÍNCIPE Y LA VIEJA

EL PRÍNCIPE

¡Pobres hombres! ¡Triste vida la suya...! Tendrán familia..., hijos...

LA VIEJA

(Aparte.) ¡Qué buen corazón! No, no puedo consentir. —Noble joven, salid de aquí pronto... No os detengáis un instante.

EL PRÍNCIPE

¿Qué ocurre?

LA VIEJA

No preguntéis... Creedme... ¡Si supierais!

EL PRÍNCIPE

¿Qué? Nada me asusta... Sé que has de someterme a muy duras pruebas... Todo he de arrostrarlo... Yo sé que me espera la felicidad.

LA VIEJA

¡La muerte! ¡Desventurado joven...! ¡Salid..., salid pronto! Yo os indicaré la senda por donde podéis salir de estos bosques sin ser visto de nadie.

EL PRÍNCIPE

¡Bah! ¡Vengan gigantes y fieros dragones...! ¡Vengan monstruos y trasgos...! ¡Levántense murallas de fuego...!

LA VIEJA

¡Señor! No digáis locuras. Nada de eso será, ni hay que temerlo...; pero esos hombres, esos desalmados... Quieren robaros... Han visto que guardáis oro... Os matarán, como mataron a otros. Ved... Encienden la hoguera a que han de arrojar vuestro cuerpo para desfigurarlo... Después lo arrojarán a una sima como a otros muchos... Yo fui su cómplice muchas veces... ¡Soy una infame...! El miedo..., la miseria... Pero hoy, no. Sois tan niño, tan bondadoso... Me dais compasión y quiero salvaros; pero no tardéis... ¡Huid, huid; por vuestra madre!..., porque sois aún muy niño para tener otro amor en la tierra.

El Príncipe

No, no huyo. Aquí espero a esos hombres, sean hombres o monstruos. Nada me acobarda.

La Vieja

¡Por mí! ¡Tened piedad de mí...! ¡Ved que si vuelven y os defiendo, también me matarán...! También si no os encuentran... Dirán que los he engañado. ¡Pero qué importa! Me dais mucha lástima.

El Príncipe

No, no saldré. Estoy seguro de que sólo queréis probar mi valor... Todo es preciso para conseguir a la princesa.

La Vieja

¡Oh! ¡Qué locura! ¡Pobre niño! Ved que yo no soy un hada: soy una pobre vieja que se compadece de ti y quiere salvarte... Ven... Saldremos juntos, si quieres...; pero yo no podré andar... Nos darán alcance...

El Príncipe

Contigo, sí... Si es verdad lo que dices... No puedo dejarte en manos de esos hombres... Pero yo sé que me engañas... Vamos... Cuando no puedas andar, yo te llevaré en brazos. Soy fuerte y nada temo...

La Vieja

Sí, sí... Nos salvaremos juntos...

El Príncipe

Pero ¿dices verdad? ¿Tú no eres lo que pareces? ¿Eres una pobre mujer nada más...?

La Vieja

No, no. Vamos, vamos pronto... Cree lo que tú quieras..., cree... Sí, soy un hada; un hada buena que ha de salvarte... ¿Qué más da si te salvo?

El Príncipe

¡Bien sé que has de salvarme...! ¡Bien sé que he de verte por fin, princesa mía! *(Salen.)*

FIN DEL ACTO PRIMERO

ACTO SEGUNDO

CUADRO PRIMERO

La casa del Ogro

ESCENA PRIMERA

EL OGRO, Y DESPUÉS LA BELLA Y TONINO

EL OGRO

¡Hola! ¿Qué es esto? ¿No hay nadie aquí? ¿No se come en esta casa? ¡Pécoras mujeres!

LA BELLA

No grites. Ya estoy aquí.

EL OGRO

¿Qué huésped es ése?

Tonino

Servidor humilde. *(Aparte.)* Sí que no me da buena espina esa panza enorme. Ogro tenemos.

La Bella

Es un viajero que estaba perdido a la entrada del bosque del Infierno. Le acompañaban otros dos señores, locos de remate, que allí se quedaron. Éste me dijo que estaba muerto de hambre y de cansancio, y le ofrecí nuestra casa.

El Ogro

¡Hum! No me gusta esa gente que anda perdida por los caminos. Por las trazas, sois uno de esos truhanes chocarreros que cantan y danzan por los lugares para sacar los cuartos a los bobalicones.

Tonino

Soy algo más. Soy criado del Príncipe Azul.

El Ogro

Su bufón, diréis. Bajo estado...

La Bella

¿Y era el Príncipe el que os acompañaba?

¿Aquel jovencillo desventurado que echó por el bosque? ¡Pobrecillo! ¿Qué habrá sido de él?

TONINO

Habrá encontrado el hada buena.

LA BELLA

Sí, sí. Con algunos malhechores. ¡Pobrecillo!

EL OGRO

Bueno, bueno. Sírveme la comida, y ese bergante que vaya a la caballeriza, y allí le darás de las sobras...

LA BELLA

No seas tan ruin... Coma y beba a sus anchas; nos divertirá con canciones y chistes...

EL OGRO

Nunca me divirtieron esas cosas. Pero acomodaos donde queráis y esperad a que hayamos comido. Sirve pronto.

TONINO

(Aparte.) ¡Ay! ¡Qué suplicio! ¡Ver comer y no probar bocado! Preferiría que al Ogro le diera por engordarme... ¿Si le habré parecido poco apetitoso...? —¡Señor! ¿No habéis reparado en mí...? Mi carne es de la mejor calidad... La pe-

chuga es sabrosa, y mis brazos son como alones de pichón.

EL OGRO

¿Qué me importa? ¿Estáis loco o borracho?

TONINO

(Aparte.) Nada; no hace aprecio de mí... Le gustarán sólo los niños tiernecitos... Verdad es que teniendo a mano tan bien provista mesa... —¡Ah! ¡Qué aroma! Ese cochinillo me pierde.

EL OGRO

Huele bien, ¿verdad? Os dejaré algún hueso.

LA BELLA

(Aparte.) ¡Pobrecillo! Le daré algo a escondidas.

TONINO

(Aparte.) Gracias, bella señora. Me dais la vida. ¡Ah! ¡Delicioso!

EL OGRO

Bueno. ¿Es ésa toda vuestra gracia? Decidme algo chistoso.

TONINO

¡Ah!

El Ogro

¿Qué os sucede?

Tonino

Nada, nada.

El Ogro

¿Estáis tragando?

Tonino

No, no... Eran ilusiones. *(Bajo, a la Bella:)* Un traguito, por piedad, que me ahogo.

La Bella

No seáis cruel. Dejadle, por lo menos, que beba.

El Ogro

Eso sí... Que beba.

La Bella

Tomad.

Tonino

A la salud de tan noble señor. ¡Ah...! ¡Bueno es el vinillo!

El Ogro

De mi cosecha.

TONINO

Ya se ve que sois hombre rico.

EL OGRO

Asómate a esas ventanas. Tu vista alcanzará hasta un monte lejano; pues hasta allí, todo es mío. Detrás de ese monte hay muchas más tierras..., hasta llegar a un río; pues hasta allí, todas son mías. Detrás del río hay otras tantas tierras que llegan hasta el mar; pues hasta el mar, todo es mío.

TONINO

¿Pero el mar no? ¡Qué lástima!

EL OGRO

El mar no me serviría para nada. El mar es para los locos y los navegantes, gente aventurera... Yo soy un hombre práctico...

TONINO

Ya se ve que sí.

EL OGRO

Vivo aquí más feliz que un rey.

TONINO

Es posible... Nunca vi comer a un rey con tan buen apetito...

El Ogro

Pues esto no es nada más que la merienda... Esta mañana me almorcé una ternera asada... Y para cenar... ¡Ah! Para cenar guardo mi mejor bocado.

Tonino

(Aparte.) ¡Huy! Ahora me mira. Se le habrá antojado guardarme para la cena. —Si vierais que con el cansancio del viaje estoy tan poco presentable...

La Bella

Ya os aviaremos.

Tonino

(Aparte.) ¡Huy! Van a ponerme en salsa... Ésta será mi cocinera. —¿Habéis terminado?

ESCENA II

Tonino y el Ogro

El Ogro

Sí, hombre, sí. ¿Tienes hambre?

Tonino

Un poquillo. Yo no he almorzado una ternera.

El Ogro

Siéntate y come. Yo no soy un avaro. Puedes atracarte a tu gusto... Pero no vaya a darte un torozón.

Tonino

(Aparte.) ¡Huy, cómo me cuida...!

El Ogro

Bebe. Hombre, bebe. Alégrate... Yo no me como a nadie, como habrás creído antes.

Tonino

No, no...

El Ogro

Es que cuando tengo hambre me pongo de mal humor; pero en cuanto he comido, soy el hombre más alegre. Bebe, hombre, bebe.

Tonino

(Aparte.) ¡Malo! Quiere emborracharme... Para echarme a la cacerola sin que me entere. —No, no; gracias. *(Aparte.)* ¡Huy! Este vino se me sube a la cabeza de un modo... Van a guisarme sin sentirlo. —Aunque sea mal preguntado: ¿van a ponerme unas patatitas?

El Ogro

¡Oh! ¡Patatitas! ¡Comida de pobres...! Te pondremos trufas.

Tonino

(Aparte.) Como a un pavo. —¿Y no teméis que se os indigeste?

El Ogro

Nunca he padecido indigestiones.

Tonino

(Aparte.) Pues como yo pueda...

El Ogro

(Canta:) La vida es alegre,
comer y beber...

Tonino

¡Qué hermosa voz!

El Ogro

¿Verdad que sí?

Tonino

(Aparte.) Le adularemos.

El Ogro

La vida es alegre...

TONINO

(Aparte.) Me parece que la ha cogido... Si se emborrachara y pudiera escaparme... —¡Vaya si tenéis buen humor! Al principio no lo parecía...

EL OGRO

Antes de comer, siempre estoy malhumorado.

TONINO

Bebed, bebed...

EL OGRO

Y tú también...

TONINO

(Aparte.) ¡Ay! Que me parece que caigo yo antes...

EL OGRO

La vida es alegre,
comer y beber...

TONINO

¡Qué bonita canción!
La vida es alegre...

EL OGRO

Me parece que el alegre eres tú... Así me gustas.

TONINO

(Aparte.) Le gusto con vino.

EL OGRO

Vamos... Dime algo gracioso, bufón...

TONINO

¡Para gracias estoy yo ahora! ¡Tengo unas ganas de llorar! ¡Ah! ¿Qué habrá sido de mi señor? Por supuesto, lo que será de mí... ¡Pobre Príncipe!

EL OGRO

No, llorona no.

TONINO

(Aparte.) ¡Pobre de mí! ¡Ah! ¡Qué idea...! —¡Ay, ay...!

EL OGRO

¿Qué te pasa?

TONINO

¡Estoy envenenado! ¡Ah...! ¡Estoy envenenado...! ¡Este vino está envenenado...! ¡Tengo un perro rabioso dentro! ¡Ah...! Rabio, muerdo... ¡Estoy envenenado!

EL OGRO

Estás borracho...

TONINO

No podéis comerme... Os haría daño... ¡Ay, ay...!

EL OGRO

La indigestión... Yo no tengo nunca indigestión... ¡Ah...!

TONINO

Se ha dormido... ¡Me ha salvado...! La ogresa parece buena mujer y me dejará escapar... ¡Cómo ronca...! ¿Por dónde puedo salir? Pero antes conviene hacer provisiones... ¡Ajajá...! Con esto ya puede hacerse el camino...

ESCENA III

DICHOS Y LA BELLA

LA BELLA

¿Dónde vais...?

TONINO

(Aparte.) ¡Ah...! No hay escape... —Se ha dormido, y, por no despertarle, me iba a terminar de comer por allí dentro...

La Bella

¿Dormido? Vaya... Ya tenemos la de un día sí y otro no... Luego se despierta con un humor que nos comería a todos...

Tonino

¿Sí, eh? Pues antes de que se despierte...

La Bella

Veré si puedo acostarle... ¡Eh! Vamos, arriba...

El Ogro

¿Eh...?

La vida es alegre...

La Bella

Vamos. Ayudadme a sostenerle...

Tonino

No, no; gracias. No sea que vuelva en sí y me dedique la primera dentellada...

La Bella

¡Ay! ¡Qué hombre! ¡Qué hombre!

El Príncipe

(Dentro.) ¡Ah de la casa! ¿No hay nadie...?

TONINO

¿Qué oigo? ¡Mi señor! ¡El Príncipe! ¡No ocurrió nada...!

EL PRÍNCIPE

¡Abrid! ¡Ah de la casa!

LA BELLA

Voy, voy... Sostenedle entre tanto... Hacedme el favor... *(Sale.)*

TONINO

Yo debiera impedir que entrara el Príncipe... Cuando el Ogro le vea tan joven, tan tierno... ¡Huy! ¡Y cómo pesa...! Es claro: como una ternera y un cochinillo juntos, sin contar los entremeses... *(Al ver entrar al Príncipe, corre a su encuentro y deja caer al Ogro.)* ¡Señor....! ¡Señor...! ¡Cataplum! ¡Se desplomó la mole!

ESCENA IV

DICHOS, EL PRÍNCIPE, LA VIEJA
Y EL PRECEPTOR

LA BELLA

¿Pero no veis que habéis dejado caer a mi marido?

EL PRÍNCIPE

¡Oh, mi buen Tonino...!

TONINO

¡Señor, señor! ¿Qué ha sido de vos? ¿Cómo librasteis de vuestra aventura? ¿Os condujo aquel mal camino a un palacio encantado? ¿Es ésta el hada que ha de protegeros?

EL PRÍNCIPE

No sé, Tonino. Sé que escapamos por milagro de unos bandoleros que querían asesinarme... Sé que debo la vida a esta buena mujer... Cuando íbamos por el bosque, los bandidos nos divisaron desde lejos y corrieron en nuestra persecución... Esta pobre vieja no podía andar ligera, y tuve que tomarla en brazos... Yo corría entre los matorrales y los riscos, y aquellos desalmados siempre detrás, amenazadores... Al llegar a un rastrojo, no se les ocurrió otra cosa mejor que prenderle fuego, y como el viento soplaba en la dirección que llevábamos, pronto nos vimos amenazados por un mar de fuego, que avanzaba en oleada terrible hacia nosotros...

LA VIEJA

Nunca me saldrá el susto del cuerpo...

TONINO

¿Y cómo escapasteis?

EL PRÍNCIPE

No lo sé. Yo aseguraría que volamos...

LA VIEJA

Volar, no..., pero mucho corristeis, a pesar de la carga... Sois fuerte y bravo...

TONINO

De modo que no hubo palacios, ni princesas, ni hadas... Ya decía yo... Aquel camino no podía llevar a parte buena... Y a vos, señor Preceptor, ¿cómo os ha ido?

EL PRECEPTOR

Yo estuve confrontando mis libros en todo ese tiempo... No era posible que la carta estuviera equivocada... En efecto, el error era mío. Me pasé de una línea a otra, y, claro está, lo que en la carta es una pulgada, en el camino eran siete leguas...

TONINO

Es que la verdad, en los libros como en la vida, siempre está entre líneas.

El Preceptor

Cuando el Príncipe regresaba de su accidentada excursión..., yo estaba dormido... Me despertaron... Esta vieja nos trajo a esta casa, donde aseguró que nos darían de comer.

Tonino

Eso sí, se come muy regularmente... Pero, ¡ay!, que es para cobrarse con creces... Sabed que éste es el castillo del Ogro... Yo ya estoy apalabrado para servirle de cena esta noche... Vosotros le serviréis para el desayuno de mañana.

La Vieja

¿Qué disparates decís?

El Príncipe

¡Ah! Ésta es la prueba decisiva... Éste es el ogro que tiene en su poder a la princesa... ¿He de vencerle para desencantarla y llegar hasta ella...? Pues venga pronto, y yo solo con mi espada...

El Preceptor

Señor... No es bien sacar la espada contra quien nos abre así las puertas de su casa... Ved que eso de los ogros es pura fábula... Hay, sí, antropófagos..., esto es, hombres que se comen a los demás hombres..., de *antropos,* 'hombre' y *fagos*, 'comer'; pero en regiones salvajes, no en países civilizados como éstos.

EL PRÍNCIPE

¿Tú que sabes? Mis libros dicen más verdad. ¿No es cierto, hada mía? ¿No estamos en el castillo del Ogro?

LA VIEJA

Yo no sé de ogros.

TONINO

Él tiene traza de haber engullido mucho en este mundo. ¡Si vierais su panza! ¡La de hombres y mujeres y niños que debe de haber tragado!

LA VIEJA

Eso, no; pero casas y pueblos enteros, sí... Ya visteis al llegar que todo es pobreza en los alrededores, y sólo las tierras y la casa de este hombre son ricas. Él arrambló con todo..., comprando aquí, prestando allá, arruinando a éste, engañando al otro... Yo también fui una de sus víctimas... Por él me veo como me veo...

EL PRÍNCIPE

¡Ah! ¿Es el culpable de tu encantamiento? No tardará en ser destruido. ¡Salid acá, señor Ogro, que el Príncipe Azul os espera!

El Preceptor

Tened juicio.

Tonino

Nos comerá a todos.

El Preceptor

Ved que estos ogros a la moderna no son como esos de los cuentos.

El Príncipe

Nada oigo, nada entiendo... Aquí ha de terminar la aventura... ¡Protegedme, hada mía!

La Vieja

¡Detenedle, que ese hombre le matará!

El Preceptor

¿Qué haces que no defiendes a tu señor?

Tonino

¿Qué hacéis vos?

El Preceptor

A mí, todo me parece un sueño.

La Vieja

¿Oís? Corramos; van a matarle...

ESCENA V

DICHOS. SALEN EL PRÍNCIPE,
CORRIENDO SIN ESPADA,
Y DETRÁS EL OGRO CON UNA TRANCA
Y LA BELLA CON UNA ESCOBA

EL PRÍNCIPE

¡Ah! ¡Me ha vencido...!

EL OGRO

¡Bribón! ¡Tunante! ¡Amenazas a mí..., en mi casa....!

LA BELLA

¡Querer matar a mi marido! ¡Fuera...! ¡Ladrones...!

LA VIEJA

¡Teneos...!

EL PRECEPTOR

Ved que es mi señor...

TONINO

Ved que es el Príncipe...

EL OGRO

He de matarle.

La Vieja

¿No veis que está loco el pobre joven...? Tened compasión...

El Príncipe

Hada mía... Se rompió mi espada... Fue cosa de hechizo... Me ha molido a palos...

Tonino

Y a escobazos.

La Bella

¡Habráse visto el mocoso...!

El Ogro

Salgan, salgan pronto de mi casa... Y agradezcan que salen vivos.

Tonino

¡Ah! Menos mal...

El Príncipe

Hada mía... ¿qué es de tu poder? ¿Por qué no me salvas ahora como antes?

La Vieja

Ya salvas la vida... ¿Qué más quieres? No tardemos en salir de esta casa maldita.

El Ogro

¿Qué dice esa vieja?

LA VIEJA

¡Sí, sí! ¡Maldita! ¡Maldita!

EL OGRO

¡Por vida...!

LA BELLA

Déjalos... Salgan pronto...

EL PRÍNCIPE

Sí, saldremos... Pero yo volveré con todos los ejércitos del Rey mi padre, si fuera preciso... Yo volveré para castigarte y vengar a todas tus víctimas...

LA VIEJA

Eso no será malo.

EL OGRO

¡Pobre criatura! Llevadle a sus padres, o acabará mal, si da en estos desatinos.

TONINO

No le impacientéis más. Salgamos.

EL PRÍNCIPE

¡Ay...! ¡No puedo más...! Me duelen las costillas.

EL PRECEPTOR

¿Dónde iremos ahora?

La Vieja

Venid conmigo. Yo os guiaré a lugar donde seréis más afortunados.

El Príncipe

Ya sabía que era difícil el camino..., pero nada me importa... ¡Estaba tan seguro de que era el camino de la felicidad...! Llévanos donde quieras.

Mutación

CUADRO SEGUNDO

El palacio del rey Chuchurumbé

ESCENA PRIMERA

Las tres hijas del rey Chuchurumbé, con sus pajecillos

Hija 3.ª

¿No os aburrís mucho, hermanas? ¿En qué estáis pensando?

Hija 1.ª

Yo me divierto con mirar al cielo.

Hija 2.ª

Yo, con escuchar el ruido del mar.

Hija 3.ª

Yo miraba el camino, por si llegara alguien que pudiera divertirnos... ¿Qué haríamos para pasar la velada entretenida?

Hija 1.ª

Cantar.

HIJA 2.ª

Decir versos.

HIJA 3.ª

¡Qué tontería!

HIJA 1.ª

En estas noches de verano no se puede trabajar con luz...

HIJA 2.ª

Además, el Rey nuestro padre dice que se gasta mucho mineral...

HIJA 1.ª

Si no, yo leería...

HIJA 2.ª

Yo bordaría... Pero no tenemos más luz que la luna.

HIJA 1.ª

Jugaremos al corro. Vamos, hermanas...

HIJA 3.ª

¡Qué tontería! Juego de niñas...

HIJA 1.ª

¡Pero es tan bonito...! No hay juego más bonito. Cantar todas al mismo tono y cogidas de las manos... Como si nunca hubiéramos de soltarnos y siempre hubiera de cantar la misma canción infantil en nuestros corazones...

HIJA 3.ª

Jugaremos si os divierte...

HIJAS 1.ª Y 2.ª

Sí, sí... ¿Qué cantaremos...?

HIJA 3.ª

Lo que menos sentido tenga. *(Juegan al corro y cantan:)*

Al ánimo, al ánimo,
que se ha roto la fuente...

ESCENA II
DICHAS Y EL REY

EL REY

¿Qué es esto? Nunca tendréis juicio. Así no os casaréis nunca...

HIJA 1.ª

Yo no quiero casarme...

HIJA 2.ª

Yo tampoco...

HIJA 3.ª

Yo sí, yo sí...

HIJA 1.ª

¿Para qué quieres casarte?

HIJA 3.ª

Para lucir ricos trajes y joyas y tener carrozas de oro con caballos blancos y penachos de aves del paraíso...

HIJA 1.ª

¡Qué tontería! ¿Y si el marido es malo?

HIJA 2.ª

¿Y si tienes muchos hijos y no tienes tiempo para componerte?

HIJA 3.ª

A los niños les pondré ayas. A mi marido le compraré un coche de esos que andan solos, para que se entretenga...

EL REY

Sois unas locas, y así andáis en lenguas de todos. Ya sabéis lo que se dice de mí y de vo-

sotras en todas partes... «Éste es un rey que tenía tres hijas y las metió en tres botijas, las vistió de colorao y las echó por un tejao...»

HIJA 3.ª

¿Qué gracioso sería el que lo dijo? ¿Por qué no le hicisteis ahorcar?

HIJA 2.ª

No es para matar a nadie. A mí me hace gracia...

HIJA 3.ª

Nunca nos hemos vestido las tres lo mismo.

EL REY

Por no estar de acuerdo en nada.

HIJA 1.ª

Yo prefiero ir siempre de carmesí, que es color señorial muy propio de prelados y dignatarios y de mujeres que llevan muy buen gobierno de su casa...

HIJA 2.ª

Yo, de verde, que es color de los campos y de los mares..., alegría y esperanza de todos... Que no debe uno pensar sólo para sí y para su casa.

HIJA 3.ª

Yo, de blanco, que es color de la nieve y toma el color de todas las luces y todos los reflejos... Más blanco a la luna, dorado al sol, rojo al fuego, azul a la orilla de los lagos, plateado al borde de las fuentes...

EL REY

Sois unas locas, y no podré casaros nunca y arruinaréis mi reino...

HIJA 3.ª

Mirad, mirad... Por allí viene un galán caballero.

HIJA 1.ª

Sí, sí...

HIJA 2.ª

Será el Príncipe Azul, que ahora viaja por el mundo para instruirse...

HIJA 1.ª

Para casarse.

HIJA 3.ª

Para divertirse.

EL REY

Si fuera él, bien venido sea..., que el Rey su

padre es mi amigo y aliado, y mucho me convendría casarle con una de mis hijas... Tened juicio y no hagáis cosa que pueda asustarle..., o, por los catorce picos de mi corona, que acabaré por hacer con vosotras lo que dice el vulgo: os meteré en tres botijas...

ESCENA III

Dichos y el Príncipe

El Príncipe

Salud, gran rey. Salud, bellas princesas. ¿No es éste el palacio de Chuchurumbé?

Hija 3.ª

(Aparte.) Que cuanto más se mira, menos se ve. Parece tonto.

El Rey

(Aparte.) Ten prudencia y crianza... —Yo soy el rey Chuchurumbé, noventa y nueve duplicado de este nombre, que no quise prolongar la serie en tan mal número. Éste es mi palacio y éstas son mis tres hijas. Y vos, amable joven, ¿quién sois?

El Príncipe

¿Conocéis este anillo?

El Rey

¿Sois el Príncipe Azul? Hijo de mi mejor amigo... ¡Ah! No sabéis cuánto me alegro de veros y cuánto quiero a vuestro padre... Veinticinco años llevamos de estrecha amistad, y en ese tiempo sólo hemos tenido tres guerras, que yo he perdido siempre. Podéis figuraros si tendré interés en evitar la cuarta... ¿Qué os parecen mis tres hijas?

El Príncipe

A cuál más bella.

El Rey

¡Oh! La belleza es lo de menos... La educación, la educación... Son muy mujeres de su palacio. Ellas cosen, ellas guisan... Harán feliz a un hombre; mejor dicho, a tres hombres..., porque las leyes no permiten que uno solo se case con las tres; y creed que yo celebraría que por vos pudieran alterarse las leyes.

Hija 3.ª

(Aparte.) Dices muchos disparates, papá...

El Rey

(Aparte.) Calle la mocosa... Acabaréis por asustarle... Dejadme a mí, ya que, por desgracia, no tenéis madre y tengo yo que hacer estos papeles...

El Príncipe

Ya sé que sólo a una puedo elegir..., y será a la que yo amaba sin conocerla... Yo sé por mis libros que, de las hijas de los reyes, siempre la menor es la más bella y virtuosa...

Hija 1.ª

(Aparte.) ¡Qué necio!

Hija 2.ª

(Aparte.) ¡Qué inocente!

El Rey

(Aparte.) Guardad la compostura. —Sí, eso dicen los libros y los cuentos... Y... *(Aparte.)* Le endosaremos la menor, que es la peor criada. —Y así es... Ésta es su mano. Os lleváis la mejor perla de mi corona.

Hija 2.ª

(Aparte.) No es feíllo... y será un rey poderoso...

El Rey

Reuniré a mis ministros para firmar los esponsales... Mañana empezarán los regocijos con un gran besamanos...

El Príncipe

¿A eso le llamáis regocijo...? No hay nada más aburrido...

El Rey

Para nosotros. Pero a los cortesanos les divierte mucho.

ESCENA IV

Dichos, la Vieja, Tonino
y el Preceptor

El Rey

¿Qué gente es ésa?

El Príncipe

Es mi comitiva, señor.

El Rey

Extraño acompañamiento de un príncipe.

TONINO

Os escapasteis de la posada. Locos anduvimos hasta dar con vos.

EL PRÍNCIPE

Vi el palacio de mi princesa, y emprendí solo el camino... Ya sabía yo que mi hada no tardaría en buscarme. He aquí el hada, princesa, que me trajo hasta aquí. Saluda a mi esposa, a mi princesa...

LA VIEJA

¡Cómo! ¿Estáis casado?

TONINO

No vi hacer matrimonio tan de prisa...

EL PRÍNCIPE

Así leí que fueron siempre los casamientos de los príncipes.

LA VIEJA

¡Pobre joven! ¿Y conocíais a vuestra novia?

EL PRÍNCIPE

De toda mi vida. Es la hija menor de un rey: la que es siempre bella y virtuosa... Tú lo sabes bien, hada mía... Ya ves que todos los trabajos concluyeron. ¿A qué esperas para mostrarte en tu verdadera forma?

La Vieja

¡Ay, ay! ¿A qué espero? A que tengas juicio. ¿Tú no sabes lo que se dice de estas hijas del Rey...? Tú no eres de estas tierras, y no las conoces... La menor es una tarasca.

El Príncipe

¿Aún quieres exponerme a otras pruebas?

La Vieja

Hasta mis soledades llegó la fama de su falta de juicio y crianza. ¿Crees en mí?

El Príncipe

Siempre.

La Vieja

Pues deja a mi cargo este asunto... ¡Ah, señoras princesas...! Al entrar aquí oímos lamentarse a vuestros criados... Tres lindos animales que eran vuestro recreo se habían escapado de sus jaulas...

Hija 1.ª

¡Mi tití!

Hija 2 ª

¡Mi cotorra!

HIJA 3.ª

¡Mi rata blanca!

LA VIEJA

Los criados lloraban, porque temen ser castigados muy duramente...

HIJA 3.ª

Los haré matar. ¿Verdad, padre mío?

HIJA 1.ª

Bastará con despedirlos. ¿No es eso?

HIJA 2.ª

No. ¡Pobre gente...! Un animal no vale la pena de causar un dolor a nadie...

LA VIEJA

¿Qué decís ahora?

EL PRÍNCIPE

Mi princesa no tiene buen corazón...

LA VIEJA

Esperad. Al entrar dejé caer unas monedas..., todo mi caudal... ¿Qué haré para recobrarlo?

HIJA 3.ª

Id a buscarlas.

HIJA 1.ª

Yo mandaré que las busquen los jardineros.

HIJA 2.ª

¿Dónde cayeron? Venid conmigo, y yo las buscaré.

LA VIEJA

¿Qué os parece?

EL PRÍNCIPE

No es mi princesa la que tiene mejor corazón.

LA VIEJA

Esperad. El Príncipe trae tres regalos para las princesas. Una joya, un libro y una flor. Él no sabe cuál ofrecer a cada una... Elegid vosotras.

HIJA 3.ª

Yo, la joya.

HIJA 1.ª

Yo, el libro.

HIJA 2.ª

Yo, la flor.

La Vieja

La que eligió la joya piensa en parecer bien a todos. La que eligió el libro piensa en parecerse bien a sí misma. La que eligió la flor, en que sus hermanas parezcan bien, porque piensa en los demás y no en sí misma... ¿Qué dices ahora?

El Príncipe

Que ésta es mi princesa, y tú el hada buena que me enseñó a vivir.

La Vieja

Por vieja, y no por hada.

Hija 3.ª

¿Consentiréis que así me desprecie? Debéis declarar la guerra al Rey su padre.

El Rey

No. La cuarta paliza, no. Yo me alegro de que tu hermana sea la preferida. Os lleváis la mejor perla de mi corona.

Hija 3.ª

Le sacaré los ojos.

El Rey

Calla, basilisco. Yo no quería deciros nada; pero los cuentos... son cuentos...

El Preceptor

Embustes, mentiras... No hay más verdad que la ciencia.

Tonino

No hay más verdad que echarse a lo que salga.

El Preceptor

Vuestros padres llegan.

El Príncipe

¡Qué alegría!

El Rey

¡Oh! Mi excelente amigo...

ESCENA ÚLTIMA

Dichos, el Rey y la Reina

La Reina

¡Hijo mío!

El Rey

Chuchurumbé, esos brazos...

CHUCHURUMBÉ

Estáis muy bien conservado.

EL PRÍNCIPE

¿Cómo fue el venir en mi busca?

EL REY

Supimos que andabas haciendo desatinos, y con lo puesto emprendimos el viaje. *(Al Preceptor:)* ¿Era así como cuidabais al Príncipe?

EL PRECEPTOR

Señor... El Príncipe es un carácter vehemente, imposible de gobernar.

EL PRÍNCIPE

No hagáis caso... Ya veis que nada malo me ha sucedido.

LA REINA

Tomaste los cuentos al pie de la letra, y creíste ver hadas, ogros y princesas de cuentos... Has estado a punto de perecer..., has podido casarte con una mujer insoportable...

HIJA 3.ª

Diga usted, señora, ¿qué es eso de insoportable? El insoportable, el malcriado y el títere es su niño. ¡Monicaco! *(Le saca la lengua.)*

LA REINA

¿Qué princesa es ésta?

EL REY

¿Estás ya desengañado? ¿Aprendiste que la vida no es un cuento de hadas?

EL PRÍNCIPE

No; al contrario. Vi realizados todos mis sueños, porque creía en ellos. Encontré almas buenas como las hadas buenas; encontré hombres feroces como los ogros; encontré una princesa como las princesas de los cuentos. Para esta buena vieja, que me salvó con su compasión y me desengañó con su experiencia, os pido ricos galardones, porque fue mi hada buena. Para el hombre feroz, como los ogros que arruinan a los pobres y llevan la miseria a todas partes con su egoísmo, os pido justicia... Para la princesa, que si no es la menor de las hijas de un rey, como en los cuentos, es la que mereció mi cariño, os pido amor de padre... Ya veis que mi viaje no fue tan desgraciado, ni puedo desengañarme de mis ilusiones... Aprendí que todos llevamos un hada protectora a nuestro lado; que si la oímos siempre, podemos hacer felices a cuantos nos rodean y serlo también nosotros...; aprendí que es preciso soñar cosas bellas para realizar cosas buenas... ¡Gloria a mis cuentos de hadas! ¡No maldeciré nunca de ellos! ¡Felices los que saben hacer de la vida un bello cuento...!

TONINO

Queridos niños: un aplauso de vuestras manecitas es la mayor gloria de un poeta, porque sois el porvenir... Sea el de vuestra vida como un cuento de hadas en que triunfa el bien siempre de todos los males..., y todos son felices como el Príncipe Azul de este cuento, queridos niños.

Telón

Queda rigurosamente prohibida, sin la autorización escrita de los titulares del copyright, bajo las sanciones establecidas por las leyes, la reproducción parcial o total de esta obra por cualquier medio o procedimiento, comprendidos la reprografía y el tratamiento informático, y la distribución de ejemplares mediante alquiler o préstamo públicos.

© EDITORIAL JUVENTUD, S. A., 2010
Provença, 101 - 08029 Barcelona
info@editorialjuventud.es
www.editorialjuventud.es

Ilustraciones: Zuzanna Celej
Segunda edición en esta colección, 2021
Depósito legal: B. 3613-2010
ISBN 978-84-261-4406-5
Núm. de edición de E. J.: 13.960
Printed in Spain
impreso por JAF, Flassaders 13-15, Santa Perpètua de Mogoda (Barcelona)